Albrecht Ludwig Agathon Wernich

Ueber Ausbreitung und Bedeutung der neuen Culturbestrebungen in Japan

Antigonos

Albrecht Ludwig Agathon Wernich

Ueber Ausbreitung und Bedeutung der neuen Culturbestrebungen in Japan

Unveränderter Nachdruck der Originalausgabe von 1877.

1. Auflage 2024 | ISBN: 978-3-38635-111-9

Antigonos Verlag ist ein Imprint der Outlook Verlagsgesellschaft mbH.

Verlag: Outlook Verlag GmbH, Zeilweg 44, 60439 Frankfurt, Deutschland, info@outlook-verlag.de
Vertretungsberechtigt: E. Roepke, Zeilweg 44, 60439 Frankfurt, Deutschland
Druck: Libri Plureos GmbH, Friedensallee 273, 22763 Hamburg, Deutschland

Ueber

Ausbreitung und Bedeutung

der

neuen Culturbestrebungen

in Japan.

Von

Dr. A. Wernich,

z. Z. in Rom.

Berlin SW. 1877.

Verlag von Carl Habel.

(C. G. Lüderitz'sche Verlagsbuchhandlung.)

33. Wilhelm-Straße 33.

Es sind etwa sechs Jahre her, daß die Zeitungen aller civilisir=
ten Nationen in Menge mehr oder weniger interessante Berichte
über die Umwälzungen in Japan lieferten, und daß vor dem Pu=
blikum dieselben als interessante Zeitfrage debattirt wurden. Im
natürlichen Lauf der Dinge lag es, daß allmählich jenes Cultur=
experiment des Ostens mehr in den Hintergrund trat, daß beson=
ders die englische Presse seit einigen Jahren nur noch gelegentlich
darauf zurückkommt. In den gebildeten Kreisen Dentschlands hat
man — und wie ich glaube, mit Recht — den Fragen: „Dringt
wohl die europäische Civilisation auch in das japanische Volk ein?
— Auf welchen Wegen importirt man sie und in welchen Sprachen?
— Wird sie eine gewisse Beständigkeit haben?“ — ein gleichbleiben=
des und nicht blos auf Neugier beruhendes Interesse zugewandt.
Dem letzteren mit einer zusammenhängenden Darstellung entgegen
zu kommen ist der Zweck der nachfolgenden Zeilen.

Unter den vielen befremdenden Räthseln, welche auch für den
Gebildeten bis zur Mitte der fünfziger Jahre das japanische Insel=
reich umhüllten, nimmt die fast hermetische Abgeschlossenheit des=
selben eine hervorragende Stellung ein. Die Berichterstatter der
einzigen Nation, welche fast zwei Jahrhunderte lang allein von
allen Europäern dort Verbindungen hatte, die Holländer, verstan=
den ihr eigenes Interesse viel zu wohl, um nicht diese gänzliche
Abschließung in ihrer Weise der übrigen Welt begreiflich zu machen.

Eingeschloſſen auf der wenige Quadratruthen großen, künſtlich auf=
geſchütteten Inſel Deſima vor Nagaſaki, wiſſen ſie nicht genug
die Schwierigkeiten hervorzuheben, welche für jeden Verkehr mit
dem Lande beſtanden, die Schlauheit, mit welcher die Japaner
allen ihren Anſtalten weiter vorzubringen entgegentraten, die Wach=
ſamkeit, welche unausgeſetzt die zu beſonderen Zwecken in die Stadt
eingelaſſenen Fremden umgab und die heimliche Annäherung auch
des unbedeutendſten fremden Fahrzeuges unmöglich machte. Todes=
ſtrafe ſtand für jeden Eingeborenen auf nicht kontrollirten Umgang
mit den Fremden, für die Faktorei und ihre Schiffe erwuchſen die
ernſtlichſten Schwierigkeiten, wenn der Verdacht heimlichen Ver=
kehrs auch nur rege geworden war. Auch die rein geographiſchen
Schwierigkeiten der Annäherung an die japaniſchen Inſeln werden
von den holländiſchen Schriftſtellern in gebührender Weiſe betont.

Noch jetzt dürfen wir die ſchon in der abſoluten Entfernung
beruhenden Verkehrshinderniſſe nicht unterſchätzen. Zwei ausge=
zeichnete Dampfſchiff=Geſellſchaften, die Peninſular & Oriental
S. S. Comp. und die Geſellſchaft der Meſſageries Maritimes ver=
mitteln zur Zeit konkurrenzweiſe den Verkehr zwiſchen London,
reſp. Marſeille und Yokohama und machen ihre Fahrten, alle Gunſt
der guten Jahreszeit vorausgeſetzt, in durchſchnittlich 42—45 Tagen;
die furchtbaren Wirbelorkane des gelben, chineſiſchen und japani=
ſchen Meeres ſind noch jetzt im September und Oktober das Ent=
ſetzen aller Segelfahrzeuge und halten dieſe Meere von denſelben
faſt frei, — was Wunder, wenn vor 25 und 30 Jahren nur
wenige regelmäßig abgehende chineſiſche und holländiſche Schiffe den
bedrohten Weg ſteuerten, wenn die Ankunft der letzteren von den
von aller Welt getrennten Einſieblern auf Deſima als das größte
Freudenfeſt gefeiert wurde. Mit Nachrichten von geſtrandeten eng=
liſchen, ruſſiſchen und amerikaniſchen Fahrzeugen, die an den öſt=
lichen und ſüdlichen Küſten beim Verſuche der Annäherung zu
Grunde gegangen waren, wurden die Holländer von ihren japani=
ſchen Freunden reichlich verſehen und die Gründe, welche die letz=

teren für diese in ihrer Anzahl vielleicht absichtlich übertriebenen Unglücksfälle angaben, waren so entmuthigend als möglich. „Was „hülfe es uns auch, — so klagt ein Briefschreiber aus De= „sima, — wenn Einige der Unsrigen vor Wißbegier und Ueber= „muth so weit getrieben würden, heimlich in's Land zu schleichen. „Dicht an der Bucht, wenige Schritte hinter den letzten Häusern „der Stadt thürmen sich die Berge auf, deren wenige Pfade streng „bewacht werden, gegenüber ist ein ödes, unwirthbares Eiland; „die Brandung, welche die klippigen Ufer nach Süden umtobt, „macht jede Landung unmöglich! Und sollte es Einer wirklich „wagen, um die nördliche Spitze zu fahren, so kommt er in die „inländische See, wo Fels an Fels das Fahren gefährlich macht, „und wo an der engen Stelle von Simonoseki ihn der doppelte „Wachtposten unfehlbar sieht und anhält oder tödtet."

Diese Bedenken gegen die japanische Küste enthalten jetzt noch nichts Uebertriebenes. Schroff starrt der vulkanische Fels dem Landung Suchenden an den meisten Stellen entgegen, mit äußerster Vorsicht und nur am Tage fahrend sucht der die Inlandsee be= reisende Dampfer seinen Pfad durch das Labyrinth pittoresker Klippen, Kuppen und Kegel, welche drohend die Auswege überall zu versperren scheinen. Die Enge von Simonoseki beherrscht noch jetzt die Passage vollkommen, und wenn auch das ausgezeichnete Leuchtthurmsystem der japanischen Küste seit etwa 10 Jahren sich vollkommen dem der europäischen Culturländer an die Seite stellen kann, so ist doch die natürliche Ungunst der Küstenformation so groß, daß noch im Jahre 1872 der prachtvolle Messagerie=Post= dampfer „Nil" wenige Meilen südlich der Bucht von Yeddo durch einen unseligen Irrthum rettungslos unterging. Nur wenige Lan= dungspunkte sind günstig genug, um bei der Wahl von Anlege= und Hafenplätzen in Betracht zu kommen.

Die südöstliche Insel Sikok entbehrt noch jetzt eines Hafens für europäische Schiffe vollkommen.

Auf der westlichen Insel Kiusiu besteht neben Nagasaki noch

Ragoſima. In der Inlandſee (Südſeite der Inſel Nipon) iſt Kobe=Hiogo und Oſaka hauptſächlich zu nennen, während Simo=monoſeki als Hafen nur von untergeordneter Bedeutung iſt. An der Weſtſeite von Nipon wurde Niigata geöffnet, die nördliche Inſel Yezo bietet den einzigen Hafen Hakodade, und an der Süd=oſtſpitze von Nipon hat endlich Yokohama (früher von einem etwas nördlicher gelegenen Punkt Kanagawa genannt) allen übrigen den Rang abgewonnen. Kleinere Landungsorte, wie Matoya, Oſima ꝛc. ſind für europäiſche Schiffe nie zu beſonderer Bedeu=tung gelangt.

Faſt alle japaniſchen Häfen ſind von den Reiſebeſchreibern als beſonders pittoresk geſchildert worden, — und mit Recht. Was ihnen jedoch das maleriſche Intereſſe, die landſchaftliche Schönheit verleiht, deutet zugleich die Schwierigkeiten für eine vom Hafen nach dem Inneren des Landes ſich fortpflanzende Communication an; es ſind die ſchroffen, zuweilen dicht hinter den Hafenplätzen ſich aufthürmenden Berge. Sind ſchon der Invaſionspunkte nicht viele, ſo ſind die Verbreitungsbezirke, die dem Frem=benverkehr offen ſtanden, meiſtens von außerordentlicher Beſchrän=kung. Ein Blick auf die Karte lehrt, wie ein Kanalſyſtem zur Verbindung mit dem Inlande wegen der Kürze und Gefährlichkeit der Flüſſe faſt nirgend exiſtirt, wie die Landverbindungen meiſtens auf eine oder zwei Straßen beſchränkt ſind, und wie oft ſelbſt dieſe noch über Gebirgspäſſe gehen. Nur Yokohama hat eine größere Ebene als Hinterland (ca. 15 geogr. Meilen lang und $3^1/_2$—$4^1/_2$ Meilen breit), überall ſonſt ſchließen die Bergketten die Küſtenbevölkerung von einem innigeren Verkehr mit den Binnen=ländern ab. Noch jetzt üben dieſe geographiſchen Bedingungen auf die Invaſion der europäiſchen Cultur einen unverkennbaren Einfluß aus. Während in der großen Ebene im Oſten längſt der Anblick der Fremden ſelbſt, allerlei kleine europäiſche Kleidungs= und Luxusbedürfniſſe, eine ſporadiſche Kenntniß der fremden Sprachen den Eingebornen geläufig geworden ſind, fällt hinter den meiſten

anderen Häfen wenige Meilen von der Küste die absolute Unbe=
rührtheit der Bevölkerung in hohem Grade auf.

Die Erschließung des Hafens von Yokohama mußte deshalb
von ganz besonderer Bedeutung für die Ausbreitung fremden
Elementes angesehen werden, und man bezeichnet deshalb sicher
mit Recht das Jahr 1853 als den Wendepunkt der neueren japa=
nischen Geschichte. Die Japaner hatten bis zu diesem Jahre einer
freundlichen oder feindlichen Invasion von dieser Seite her mit
großer Ruhe entgegen sehen können. Umfahrungen der Inseln
von Süden oder Norden her wurden zwar immer von Zeit zu
Zeit versucht, scheiterten indeß meistens an der Gefährlichkeit der
Küsten, die Benutzung des Weges durch die Inlandseen war der
so einfachen Controlle wegen unbemerkt nicht möglich, amerikanische
Schiffe waren zuweilen wohl über den stillen Ocean verschlagen
worden, dann aber meistens weit nördlich von Yokohama ange=
laufen und aufgefangen oder zurückgewiesen worden.

Man kann sich daher wohl von der Bestürzung und dem
Staunen der Küstenbehörden an der Bay von Yebbo eine Vor=
stellung machen, als gegen Ende des Jahres 1853 ein ziemlich
wohlconditionirtes Geschwader unter dem amerikanischen Commo-
dore Perry vor Anker ging. Anknüpfung freundlicher Beziehungen,
Freigebung mehrerer Hafenplätze, besonders an der Ostküste, wo=
möglich Abschließung eines unabhängigen Handelsvertrages, —
das etwa waren die unerhört klingenden und unausführbar scheinen=
den Prätensionen des Beauftragten der Vereinigten Staaten. Es
gehörte die ganze Festigkeit des Wollens, die unbeugsame Rück=
sichtslosigkeit gegen freundliche und übelwollende Abschweifungen,
die das Imponirendste im amerikanischen Nationalcharakter sind,
dazu, um den Japanern gegenüber zum Ziele zu gelangen. Aber
die Mission glückte: Mitte 1854 wurde ein Handelsvertrag mit
den Vereinigten Staaten in Kanagawa unterzeichnet. Es lag in
der Natur der oben kurz skizzirten Verhältnisse, daß die Bedeutung
dieses Aktes für die künftigen Schicksale Japans eben so schnell

von Seiten der europäischen Mächte als von Seiten der japanischen Regierung selbst gewürdigt wurden. Während jene in überraschend kurzen Fristen ebenfalls Verträge zu schließen suchen, setzen die Japaner jedem neuen derartigen Ansinnen immer neue Schwierigkeiten und Bedenken entgegen, so daß die Verhandlungen mit den europäischen Mächten oft unterbrochen, Jahre lang hinausgeschoben werden und schließlich in einer fast willkürlich erscheinenden Reihenfolge und nach langer, mühsamer Arbeit zu einem Abschluß führen.

Während der Vertrag mit den Vereinigten Staaten ohnehin erst Ende 1854 unterzeichnet wurde, arbeitet eine russische Expedition unter Admiral Putiatine noch das ganze Jahr 1855, um zu gleichem Ziele zu gelangen; 1856 und 57 bringen Anträge die Holländer, Franzosen und Engländer, die einfach abgewiesen werden, bis 1858 die letzteren mit größtem Nachdrucke und mit den ernstlichsten Feindseligkeiten drohend, Ende des Jahres einen Vertrag zu Stande bringen, auf Grund dessen denn auch die Franzosen paktiren.

Im Jahre 1860 folgt dann der holländische und preußische Vertrag und die fremden Mächte haben sich also im Zeitraume von sieben Jahren im Lande festgesetzt. Nicht um von jetzt ab auf friedlichem Wege demselben das Glück und den Segen europäischer Civilisation zu bringen, wie allgemein bekannt. — Der Verkehr und die Verhandlungen mit den Fremden bringen der Regierung des Taikun, welcher als Majordomus bis jetzt alle Staatsgeschäfte geleitet hatte, nicht nur diplomatische Verlegenheiten, sie regen vielmehr den unzufriedenen, niederen Feudaladel so auf, daß seit 1859 fortwährend Attaquen auf die Fremden, unausgesetzte, meuchlerische Angriffe auf einzelne Angehörige der Gesandtschaften, mit theilweisem Erfolg gekrönte Versuche zu Massenermordungen derselben aufeinander folgen. Die Repressalien, die von Seiten der fremden Mächte, besonders Englands, erhoben werden, drücken das Gouvernement, die Höhe der gezahlten Summen regt auch das Volk auf, man verlangt eine allgemeine Austreibung der Fremden, die doch die Regierung als unmöglich erkennen muß, kurz, die Stützen, die so lange die Gesellschaft und das Staatsgebäude hielten, beginnen zu wanken, zu fallen. Das fünfhundertjährige, erbliche Majordomat der Taikuns oder Sioguns (wie sie oft in europäischen Berichten genannt wurden: der weltlichen Herrscher) war längst bei dem höheren Feudaladel verhaßt, — viele unmittelbare Reichsfürsten vereinigen sich, das lästige Joch abzuschütteln und auf eigene Hand die fremde Invasion entweder zu ecrasiren oder Nutzen von ihr zu ziehen.

So wurden die fremden Kaufleute einerseits angezogen durch die ungeheuren Vortheile, die beim Waffenhandel und anderartigen Lieferungen zu verdienen waren, andererseits schwebte ihr Leben fortwährend in der bringendsten Gefahr. Die Gesandten selbst werden 1863 genöthigt, sich nach Yokohama in den Schutz ihrer Flotten zu begeben.

In diesem Jahre tritt zuerst der bis dahin den Fremden vollkommen fabelhafte, tief im Innern des Landes von einem sonderbaren Hofstaate und göttlicher Erhabenheit umgebene, wirkliche Kaiser, der Vater des jetzigen Mikado oder „geistlichen Herrschers", wie man ihn oft auch bezeichnet, auf und zwar mit einem Decret, alle Fremden zu vertreiben. Eine formidable vereinigte Flotte aller europäischen Mächte sammelt sich als Antwort im Hafen von Yokohama, die Beschießung der Stadt kann jeden Augenblick beginnen. Während hier durch heimliches Dazwischentreten mächtiger Vasallen der Ausbruch der Feindseligkeiten verhindert wird, beginnen dieselben wirklich in Kagosima, Nagasaki und Simonoseki. Das Jahr 1864 findet das Land in voller Kriegsjährung: Häfen werden bombardirt, Städte zerstört — hier schließt man mit den Fremden Lieferungsverträge ab, dort dauern die mörderischen Angriffe auf dieselben fort. Vier Jahre heftigen, blutigen Streites der unabhängigen Fürsten gegen den Taikun und gegen einander, der Fremden theils für des Taikun's Regierung, die sie gleichwohl schon wanken sahen, theils im heimlichen Bündniß mit den mächtigsten jener Fürsten, — ein Bellum omnium contra omnes — folgen, bis endlich durch einen glücklichen Plan einsichtsvoller Männer der Sohn des inzwischen verstorbenen, den Fremden feindlichen Mikado, der eigentliche, rechtmäßige Erbkaiser aus seiner Unthätigkeit und Verborgenheit gezogen und an die Spitze der Staatsrevolution gegen den rebellischen Siogun und die noch widerstrebenden Fürsten gestellt wird. Mit Hilfe der Fremden gewinnt er im Jahre 1868 das entschiedene Uebergewicht, wird zum alleinigen absoluten Herrscher eingesetzt, hebt das Majordomat für ewige Zeit auf, bestraft die rebellischen Fürsten durch Verlust ihrer Hoheitsrechte und schließt mit den europäischen Mächten neue Verträge. Eine andere Gelegenheit, und eine geschicktere Kraft gehört dazu, um das verworrene Bild jener vier Kriegsjahre richtig zu beleuchten und die Verwickelungen bis in's Einzelne hinein zu lösen. (Siehe Anm.)

Und doch habe ich eine kurze Charakteristik dieser Periode nicht entbehren können, denn in ihr wurzeln die ersten Keime der neuen Culturbestrebungen, die wir von jetzt an im Lande aufblühen sehen. Nicht auf dem heiteren, sonnigen Boden einer Kunstschule, nicht von zarter Hand in die empfänglichen Herzen der Jugend gepflanzt, sondern auf den blutgetränkten Schlachtfeldern und Schiffen finden wir ihre ersten Spuren.

Die europäische Bewaffnung und Kriegsführung hatte den Neid und die Bewunderung der japanischen Staatsmänner und Oberbeamten erregt: schon im Jahre 1859 wird in den Verträgen das Bedürfniß ausgesprochen, praktische Kenntnisse der frembländischen Waffen und Munitionsfabrikation zu erwerben, und die ersten Lehrer, welche von Staatswegen engagirt wurden, sind Offiziere.

Die innere Nothwendigkeit der neuen Culturbewegung beruhte auf dem Bewußtsein der Inferiorität, sei es auf rein rechtlichem Gebiet, sei es gegenüber der ultima ratio, der Gewalt.

Um dieser letzteren gegenüber doch nicht ganz verstummen zu müssen, war die erste Nothwendigkeit, sich im modernen Sinne wehrhaft zu machen. Der Ankauf von Schiffen und Waffen, das

Engagement fremder Marine=Offiziere und Exerciermeister bildet die erste Phase der Culturbewegung. Dann kommen Architekten, Verfertiger von Arsenalgegenständen, Waffen — dann Ingenieure, Aerzte, Apotheker 2c.

Man sieht bald ein, daß alle tüchtigen Angehörigen dieser Stände eine lange und gründliche Vorbildung durchgemacht haben, daß an allen Ecken Sprachkenntnisse gebraucht werden, man über= zeugt sich gelegentlich der Ambassadenreisen in Europa, daß dort für alle diese anscheinend rein praktischen Zwecke jahrelang theo= retisch vorgebildet und erzogen wird. Es wird der Weg versucht, eigene Landsleute nach Europa zu senden, um den Europäern Alles abzulernen. Junge vornehme Japaner überschwemmen die Hauptstädte und Universitäten, und müssen, um hier ihre Zwecke erreichen zu können, nicht nur Sprachen, sondern auch Sitten, Gebräuche, Lebensweise 2c. lernen.

Es soll diesen jungen Leuten nicht der Vorwurf gemacht wer= den, als hätten sie ihre Zeit und ihre Mittel absichtlich in un= zweckmäßiger Weise verwendet. Daß Einzelne vielmehr mit eiser= nem Fleiß und auch mit Geschick ihre Aufgaben verfolgten, ist allgemein zugestanden. Wenn aber einerseits die Sprachvorberei= tung eine ungenügende war, wenn eine Welt von Nebendingen sie von ihrem Ziel vielfach ablenkte, so war es vor Allem die physische Schwäche ihrer Körperanlage, welche den Meisten die Erfüllung ihrer Aufgabe unmöglich machte. Statt mit Frische und Lebhaftigkeit ihr reformatorisches Werk nachher vollführen zu können, kehren sie kränklich und unbefriedigt in die Heimat zurück.

Es muß deshalb dieser Weg bald verlassen werden, einmal als zu kostspielig, dann aber auch, weil die Beauftragten die auf sie gesetzten Hoffnungen nicht erfüllten. Man sieht ein, daß es viel sicherer und billiger ist, Schulen im Lande zu errichten, be= sonders da die Uebersiedelung dorthin immer weniger gefährlich wird und da sich immer mehr abenteuersüchtige Europäer an Ort und Stelle zu Instrukteuren anbieten.

Diesem Zuströmen höchst zweifelhafter Culturvertreter, besonders aus Amerika gegenüber und nicht ohne mit denselben einige schlechte Erfahrungen gemacht zu haben, beginnt die Regierung im Jahre 1869 mit Hinzuziehung der Vertreter der europäischen Regierungen und von diesen selbst auf's Freundlichste unterstützt, Lehrkräfte in Europa zu gewinnen und vertraut denselben die mit großer Opulenz eingerichteten oder noch zu gründenden Institute an. Man glaubt den kürzesten und sichersten Weg zu gehen, wenn man aus jedem Lande diejenigen Kräfte entlehnt, welche dem blühendsten Culturzweige desselben angehören. So stellt Frankreich die Instrukteure der Armee, England diejenigen für Marine- und Minenwesen, Deutschland tritt für die Naturwissenschaften, Italien für die freien Künste ein. Nur durch diese für die ostasiatische Auffassung äußerst einleuchtende eklektische Methode steht die japanische Culturbewegung so wunderbar in ihrer Art da. Oft genug hat man sie auch ihrer Entstehung nach als ein willkürliches und bizarres Experiment angestaunt und verurtheilt. Für den mit der Geschichte der Revolutionsbewegungen Vertrauten fällt, wie ich gezeigt zu haben glaube, dieser Vorwurf weg; ging auch in seinem Beginne vielleicht der Gedanke des Anschlusses an Europa von Einzelnen aus: in seiner Entwickelung hat er sich folgerichtig und mit innerer Logik vollzogen und nicht der Ehrgeiz und die Nachahmungssucht haben ihm die Wege gewiesen, sondern der eiserne Finger der Nothwendigkeit. —

Es sei mir nun gestattet, in kurzen Zügen eine Charakteristik der augenblicklich in Japan und vornehmlich in der Hauptstadt Yebdo oder Tokio, wie der Mikado sie benannt hat, bestehenden nach europäischem Muster eingerichteten Staatsanstalten zu geben.

Fast ganz in japanischen Händen und nur unterstützt von einigen europäischen Persönlichkeiten sind: das Post-, Telegraphen- und Leuchtthurmwesen, ferner die Gasanstalten in Yokohama und Tokio; wenige europäische Kräfte bedarf auch die Eisenbahn, doch

muß auch nach dem neuesten Kaufkontrakt das Lokomotivführer=
Personal noch aus Europäern gebildet werden. Die Dock= und
Arsenalanstalten, die Dampfschifffahrt an den Küsten und nach
China bedürfen zu ihrem Betriebe eines aus Europäern gebildeten
Oberpersonals, während die in mittleren Stellungen befindlichen
Beamten und das technische Unterpersonal aus den Eingebornen
genommen werden. Eine eigenthümliche Erscheinung bilden die
aus europäischen Berathern und inländischen Oberbeamten ge=
mischten Commissionen. Hierhin gehören gewisse Departements
des Finanz=, Handels= und Hausministeriums; ein Ausschuß zur
Abfassung des neuen Gesetzbuches; eine Commission zur Beaufsich=
tigung des Papiergeldwesens; die Prüfungscommission für See=
leute; ein Ausschuß zur Inscenirung der Industrie=Ausstellungen,
theils inländischer, theils für die im Auslande kürzlich mit so
großem Beifalle aufgenommenen.

Bevor ich übergehe zu den eigentlichen Unterrichtsanstalten,
die ihrem Wesen nach dem Unterrichtsministerium oder dem Mi=
nisterium des Krieges und Handels unterstehen, muß ich, um nicht
absichtlicher Vernachlässigung schuldig zu erscheinen, die Arbeiten
und Erfolge der Mission kurz berühren, besonders auch weil nach=
weisbar diese Gesellschaften in vielen Ländern zu Trägern der
Gesittung und civilisirter Auffassungen werden.

Ein höchst einsichtsvoller und durch seine Promenade autour
du monde auch populär gewordener österreichischer Staatsminister
und höherer Beamter, Herr v. Hübner, macht in seiner Reisebe=
schreibung sein Bedenken gegen den Standpunkt geltend, auf dem
er die Culturarbeiten in Japan im Jahre 1872 vorfand. „Man
„scheint mir — so äußert er sich — ohne einen sehr wichtigen Factor
„vorgegangen zu sein. Kann man wohl glauben, daß man die
„Religion, auf die sich doch für Europa fast die ganze Summe der
„Culturbestrebungen zurückführen läßt, hier ganz wird entbehren
„können? Stehen nicht alle diese Arbeiten ohne eigentlichen Halt
„und Zusammenhang da?" — Man muß diese Besorgnisse bis jetzt

als unbegründet bezeichnen. Weder fühlt der moderne, dem Euro=
päer näher stehende Japaner das geringste Bedürfniß nach reli=
giöser Vertiefung seines Wesens, noch sieht man, daß die Missions=
anstalten, wo sie bereits bestehen, als Schulen den Eingebornen
gegenüber eine besondere Bedeutung haben. Da andrerseits anti=
religiöse Feindseligkeiten ganz aufgehört haben, läßt sich der Stand=
punkt des modernen Cultur=Japaners der christlichen Religion ge=
genüber am treffendsten als ein vollkommener Indifferentismus
kennzeichnen. —

Die numerisch umfangreichste Unterrichtsanstalt (sie zählt
27 europäische Lehrer und über 600 Schüler) ist das Kaiseigakko,
wörtlich „große Schule", welches eigentlich eine Universität dar=
stellen soll, aber nach unseren Begriffen doch von einer solchen
sehr verschieden ist.

Genau genommen ist es eine Dolmetscherschule mit einer
englischen, einer französischen, deutschen und russischen Abtheilung
und in den höheren Klassen eine auf rein praktische Ausbildung
zielende Lehranstalt für Mathematik, Rechtswissenschaften, ange=
wandte Philosophie und geognostische Fächer — ein Institut, an
welchem noch viel herumexperimentirt wird.

Von Zeit zu Zeit erscheinen in unseren Zeitungen Notizen
darüber, daß dieser und jener junge Gelehrte für die „Kaiserlich
japanische Landesuniversität" engagirt sei. Ein deutscher Philo=
loge oder Vertreter eines anderen gelehrten Faches würde schwer=
lich die Berufung an diese Lehranstalt annehmen, wenn er eine
klare Anschauung der Grundsätze, nach denen dieselbe geleitet wird,
und eine oberflächliche Kenntniß der Zumuthungen, welche den
Lehrern dort gemacht werden, vorher erwerben könnte. Monate
lang haben mir bekannte Landsleute sich gesträubt, an diesem Werk
mitzubauen, bevor sie auf etwas modificirte Bedingungen hin ihre
erste Vorlesung dort hielten.

Die Anstalt wurde vor 1873 als bloße Sprachschule betrach=
tet und darin Englisch, Französisch, Deutsch und Chinesisch gelehrt.

Im genannten Jahre durch acht ansehnliche Gebäude erweitert, wurde sie durch den Mikado persönlich ihren künftigen „höheren Zwecken" überantwortet. Dieselben bestanden darin, daß die unteren Classen als Sprach= und Dolmetscher=Schulen fortbestehen, die höheren Classen aber der Erlernung anderer Wissenszweige gewidmet sein sollten. Ein französischer Cursus in Polytechnicis, ein deutscher in Bergwissenschaften, ein englischer in Rechtskunde und Philosophie wurden in's Werk gesetzt und diese drei oder vier Fächer waren es, die dem japanischen Interpreten das stolze Wort „Universität" auf die Zunge legten. Da eine theologische Facultät nicht beliebt wurde, auch wohl nicht gut möglich war, die medicinische als besondere Akademie existirt, genügte der oberflächlichste Vergleich mit unseren Lehranstalten, um jenen Namen zu wählen und dadurch zahllose Mißverständnisse herbeizuführen. — Die weitere Entwicklungsgeschichte der kaum dem Begriffe unseres „Lyceums" entsprechenden Anstalt giebt ein treues, aber gerade deswegen so trübes Bild von japanischer Kritiklosigkeit und von fremdländischer Gewinnsucht und Erniedrigung. Die Schwierigkeit, an einer Anstalt in drei verschiedenen Sprachen zu lehren, wurde nur zu bald klar. Im Juni 1875 wurde vom Erziehungs=Departement der schon längere Zeit vorher besprochene Entschluß proclamirt, in Zukunft für die „höhere Ausbildung" nur noch eine Sprache anzuwenden, die anderen Universitätsfächer jedoch theils mit Lehrern dieser Sprache zu besetzen, theils in andere Anstalten zu verlegen, theils abzuschaffen. Es wurde demnach der bis dahin deutsch ertheilte Cursus im Minenwesen ganz aufgehoben; dasselbe Schicksal ereilte den polytechnischen Cursus in französischer Sprache, für den jedoch ein Specialcurs „in Physics" eingerichtet wurde. Die überlebende Sprache war also die englische; man würde indeß mächtig irren, wenn man die übriggebliebenen Lehrer für Engländer halten wollte. Sie waren und blieben Amerikaner; manche ganz ehrsame, aber der Wissenschaft in ihrer Weise dienende Reverends und Baccalaurei amerikanischer Universitäten; manche aber auch

„American Professors" in des Wortes verwegenster Bedeutung. Diese Leute lehren und verstehen Alles. Engagire heute einen solchen Professor mit gutem Gehalt für „mathematics" und stelle ihm morgen die Wahl, sein Gehalt zu verlieren oder eine Vorlesung über „ethics" zu beginnen, und Du kannst sicher sein, daß er Dich mit der letzteren erfreuen wird. — Das war das System, mit welchem der jetzt verstorbene japanische Director des Kaiseigakko jeden Unterrichtsgegenstand praktisch ermöglichte, von dem er oder seine Vorgesetzten im Unterrichtsministerium läuten hörte. Die deutschen Lehrer waren in ihrer dem Japaner unbegreiflichen Art, nur eine Sache so gründlich zu verstehen, um sie lehren zu können, den Herren am unbequemsten; deshalb wurden sie natürlich auch zuerst abgeschafft.

Soweit waren die Mängel des Kaiseigakko und seine verderbliche Tendenz allgemein bekannt und wurden vielfach in der Colonie besprochen. Der eigentliche Kern des dortigen Wesens trat jedoch klarer erst zu Tage, als ein Zeitungsartikel des „Japan Daily Herald" (vom 26. August 1876) einige Enthüllungen darüber brachte. Er bespricht die in's Auge gefaßte Gründung einer neuen Anstalt, in welcher Russisch, Deutsch, Französisch, Mathematik, Schifffahrtskunde ꝛc. gelehrt werden sollte, giebt zu, daß dieses auf der Basis der englischen „Country Colleges" errichtete Etablissement ein Concurrenz-Unternehmen gegen das Kaiseigakko sein werde und fährt dann fort: „Das ganze System des Kaiseigakko ist zerrüttet. „So gut der einzelne Lehrer sein mag, er hat keinen Halt in „seiner Stellung durch die Stipulationen seines Contracts, wenn „er nicht das Glück hat, das Wohlwollen seiner Schüler zu er„werben. So geschickt er sein mag in Erläuterungen, so gelehrt „in der Theorie, so gut er es verstehen mag, die Wissenschaft dem „Horizont der Schüler anzupassen, — Geschicklichkeit, Weisheit „und Tact geben ihm nicht die geringste Chance, wenn sie sich in „Gegensatz stellen zur Kunst zu gefallen und zur Augenbienerei „(Plausibility and Servility)." — Leider lassen sich Spuren dieser

Auffassung des Verhältnisses zwischen Lehrer und Schüler auch in andere Anstalten verfolgen. Was an unseren Universitäten als gelegentliche Manifestation gegen einen unbeliebten Professor sporadisch auftritt, ist dort vollkommenes System. Hast Du Dir Anrechte auf Anerkennung erworben, so bestürmen Dich Deputationen von Schülern, wenn Dein Wille fortzugehen längst erklärt ist und wenn Deine Koffer schon zur Abreise gepackt dastehen, — hast Du die Gunst der Zöglinge verscherzt oder bist Du vielleicht einem hohen japanischen Beamten mißliebig geworden, so organisiren sie eine förmliche Spionage um Dein Thun und Treiben und drehen allerlei Fäden zu einem Strick zusammen, um Dich dadurch vom Rechtsboden Deines Contracts zu treiben. Auf welche einzig mögliche Art die medicinische Akademie diesem Unfug zu steuern vermochte, soll weiter unten zur kurzen Erläuterung kommen. — Der große Triumph des Kaiseigakko, den es in seinen Jahresberichten feiert, bestand darin, Schüler der höchsten Klassen für die Weiterbildung in Europa geschickt zu machen. „Im Juni 1875 wurden „11 Studenten des Kaiseigakko ausgewählt, um zur Fortsetzung „ihrer Studien in fremde Länder gesandt zu werden;" und „im „Juni 1876 wurde wieder eine Anzahl Studenten der höchsten „Universitätsklassen bestimmt, ihre Studien in anderen Ländern „fortzusetzen, von denen acht nach England, zwei nach Frankreich „gehen."

Die Examina wurden immer mit ziemlichem Prunk abgehalten; als Examinatoren fungirten indeß die vom „Wohlwollen der Schüler abhängigen Lehrer." Daß die spielgefechterische Taktik der Vorexamina und das wörtliche Einpauken auf die Fragen dabei zu einer hohen Blüthe entwickelt worden ist, darf kaum bezweifelt werden; denn als probeweise eine Zahl der deutschen Sprachschüler (aus den unteren Classen) zum Zweck des Uebertrittes in die medicinische Akademie einmal von anderen Lehrern examinirt wurde, ergab sich eine betrübende Unreife dieser „souveränen Schüler" auch gegenüber den mäßigsten Anforderungen. —

Zu welchen Wandlungen das Kaiseigakko noch ausersehen ist, ver=
mag Niemand zu sagen; auch in ihm wird ja zweifellos mancher
fruchtbare Keim ausgesäet; auf den Namen einer Universität hat
es jedoch sicher nicht die geringste Berechtigung, und schwer wird
auf seiner Entwicklung der Druck amerikanischer Alleswisserei und
pauvrer Katheberkriecherei lasten.

Klarere, rein technische Zwecke verfolgen:

1) Die Militär=Unterrichtsanstalt, durch 12 französische
Offiziere unter Commando eines Obersten geleitet, die jetzt haupt=
sächlich Kadetten= und Offiziersanstalt geworden ist und eine eigene
militärärztliche Unterrichtsanstalt, sowie ein thierärztliches Lehr=
institut besitzt. — Unterrichtssprache französisch.

2) Die englische Marineschule (Naval School), eine
praktische und theoretische Lehranstalt für die Marineoffiziere mit
einem Personal von 12 oder 14 britischen Instruktoren. — Unter=
richtssprache englisch.

3) Eine dem Minen=Departement beigegebene kleine englische
Lehranstalt für das Bergfach, die ihren Angehörigen neben dem
theoretischen Unterricht durch Reisen nach den Bergwerksbezirken
auch die nöthige praktische Gewandtheit verleiht.

4) Ueber eine durch drei italienische Künstler neu zu orga=
nisirende Akademie der Künste ist Näheres noch nicht anzuführen,
da das Unternehmen erst Ende 1876 in's Leben gerufen wurde.

5) Die im Jahre 1871 begründete medicinisch=chirur=
gische Akademie ist, wie dies von A. Westphal in der „Illustrir=
ten Zeitung" und von mir in der „Klinischen Wochenschrift (1874
bis 1875)" näher ausgeführt wurde, die einzige der neueren ja=
panischen Unterrichts=Anstalten, welche ihrem Wesen nach einer
deutschen Hochschule nahe kommt. Ihre Vorschule, wie die Aka=
demische Lehranstalt selbst auf einen vierjährigen Cursus berech=
net, könnte jeden Moment, sobald administrative Vortheile dies
wünschenswerth erscheinen lassen würden, von der eigentlich medi=
cinischen Unterrichtsanstalt abgetrennt werden. Sie bietet vor Allem

Ausbildung in der deutschen und lateinischen Sprache, der Mathe=
matik, Geographie, Europäischen Geschichte und den vorbereitenden
Naturwissenschaften. Nach 8 Semestern treten die so vorbereiteten,
dann etwa 19 Jahre alten jungen Leute in die eigentlich medi=
cinische Schule ein.

Die letztere erreicht ihre Aufgabe in den nun folgenden acht
medicinischen Semestern, in deren erster Hälfte Anatomie, Phy=
siologie, Chemie, Physik, Botanik und Zoologie deutsch vorgetra=
gen werden. Die letzten zwei Jahre sind dann dem eigentlich me=
dicinischen Unterricht gewidmet, der in den theoretischen und prak=
tisch=klinischen zerfällt. Die Resultate sind erfreulich und würden
noch sicherer erscheinen, wenn nicht immer noch von Seiten der
japanischen Behörden Versuche gemacht würden, die Studienzeit
abzukürzen und grade die fähigsten Schüler vor der Zeit in ander=
weitige ärztliche Stellungen zu verpflanzen. Andererseits sind die
administrativen Behörden den lange geäußerten Wünschen der an
der Anstalt thätigen Aerzte durch den Bau eines in zweckmäßigem
Pavillonstil errichteten neuen Hospitals für innere, chirurgische
und gynäkologische Kranke kürzlich entgegen gekommen.

Von all' diesen Anstalten haben keine japanischen Unterrichts=
Direktoren und eine selbständige Verfassung die französische Militär=
schule und die medicinische Akademie, was für die Japaner zu=
weilen unbequem erscheint, aber allein segensreich sein kann.

Ganz den Gegensatz zu diesen bilden die kleinen holländischen
und deutschen Arztschulen im Lande, die leider noch nicht ganz
aufgehoben werden konnten und sehr von der Willkür der Pro=
vinzial=Gouverneure und Direktoren abhängig sind, und die kleinen,
zuweilen nur mit 1—2 ausländischen Lehrern, meistens Ameri=
kanern, besetzten Sprachschulen. — —

Zur Orientirung über den Begriff des „Schülers" in Japan
werden den Lesern einige Bemerkungen über die Heranbildung
eines solchen in älterer Zeit und besonders auch über die Elemen=
tarschulen des Landes von Interesse sein. Solche finden sich überall,

selbst die kleinsten Dörfer entbehren ihrer nicht; aber noch in den größten, ja in den mit Europäern in fortwährender Berührung stehenden Plätzen sind sie fast auf demselben primitiven Standpunkt, wie bei anderen ostasiatischen Völkern, welche mit abendländischer Cultur in Berührung gekommen sind. — Dicht an einer stark belebten, staubigen, vom Geschrei der kleineren spielenden Kinder wiedertönenden Straße finden wir einen gewöhnlichen, einem sehr kleinen Hause angehörenden Raum, von noch nicht 1000 Cubikfuß Inhalt, in dem einige zwanzig Kinder mit ihrem Schulmeister zusammengepfercht sind. Aeußerlich ist die Schulhöhle gewöhnlich erkennbar durch die entsprechende Zahl von Kinderschuhen, die vor dem Eingange abgesetzt werden und durch die Verwahrlosung der Papierthüren und Fenster, deren Füllungsmaterial in zahllosen älteren und neuaufgeklebten Fetzen aus den Holzrahmen hervorhängt: ein naturgemäßes Gegengift, denn ohne diese natürliche Ventilation müßten Lehrer und Kinder ersticken. Aber auch ohne diese sichtbaren Zeichen kündigt sich die Schule auf Straßenweite an: durch das laute Nachbeten der von der tieferen Stimme des Lehrers vorgemurmelten, von den durchbringenden Kinderstimmen mit fröhlicher Unverdrossenheit nachgeplärrten Sylben und Sätze. Wer noch zweifelt, warte bis die lange gefesselte Schaar der engen Thüröffnung entströmt, das geringe Schulmaterial im schwarzen Beutel lustig schwenkend, im Nu in die wartenden Holzschuhe schlüpfend und von einem Dunst gefolgt, der fast sicht- und fühlbar, den Geruchsnerven aber sehr bemerklich dem Lokale entweicht. Uebrigens steht der Eintritt in die Lehrstunde jedem mit den japanischen Höflichkeitsbezeugungen vertrauten wohlgekleideten Fremden ohne Umstände frei.

Was wird nun hier gelehrt und gelernt? — Von Alters her besteht der ganze Lehrstoff in den Kleinkinderschulen in der Einprägung der Sylbenschrift des Katakana und der Zusammenfügung derselben zu kleinen Sinnsprüchen und Gebeten. Die Zeichen werden in großem Maßstabe von den Kindern mit Pinsel und Tusche

auf quartblattgroße Stücke groben Papiers gemalt und durch un-
aufhörliches, gedankenloses Wiederholen dem Gedächtniß fest ein-
geprägt. Für die Mädchen blieb es auch in den höheren Klassen
bei dieser Ausbildung, für die Knaben wurde die Cursivschrift des
Hirakana und die Erlernung einer Anzahl chinesischer Zeichen, besonders Ortsnamen, Zeichen der verschiedenen Obrigkeiten und
Aemter, gerichtlicher, religiöser, topographischer und merkantiler
Bezeichnungen erforderlich. Wer einige hundert derartiger Zeichen
kennt, gehört anerkannt zur gebildeten Mittelklasse. Für die Frauen
existirten die Zeitungen nicht; neuerdings wird auf Veranlassung
der Kaiserin eine in der den Frauen verständlichen Schriftart
herausgegeben.

Der Rechenunterricht beschränkt sich auf den Gebrauch der
chinesisch-russischen Rechenmaschine, deren complicirtere Anwendung
jedoch auch schon außerhalb des Schulhorizontes lag und selbstverständlich erlernt wurde, wenn der Knabe im eigenen Interesse
etwas zu berechnen hatte, resp. in ein größeres oder kleineres
Handelsgeschäft eintrat. Oft sieht man, wie die Frauen mit der
Rechenmaschine geschickter umzugehen wissen, als Knaben und
Männer. — Neuerdings hat bezüglich des elementaren Lehrstoffes
eine entschiedene Bereicherung stattgefunden durch Aufnahme der
arabischen Ziffern, ihrer richtigen Zusammenstellung und Ver-
werthung. In der Nähe der Schulhäuser sieht man Wände und
Zäune mit den dem alten Japaner noch mysteriösen Zahlzeichen
bedeckt, und wollte der Fusiyama ganz plötzlich Yeddo in einem
Aschenregen begraben, so würden diese Kritzeleien der jungen Gene-
ration ein Zeugniß westlicher Cultur-Errungenschaften auf die späte
Nachwelt bringen, das zu den künstlichsten Hypothesen Anlaß geben
könnte. — Auch Buchstabenzeichen europäischer Form werden zuweilen schon in den Elementarschulen nachgezogen, jedoch ist die
Verbreitung dieser Kunst noch auf enge Grenzen beschränkt.

Leider hat auf den Inhalt oder die Methode des in den
Elementarschulen zu Lehrenden der europäische Einfluß noch gar

keine Propaganda gemacht. Statt elementarer geographischer, geschichtlicher oder naturwissenschaftlicher Kenntnisse überliefert die japanische Lehrerweisheit noch immer die beliebten Gemeinplätze von dem Werthe der Sinnsprüche: „Die Flamme leuchtet“, — „Friede ernährt, Unfriede verzehrt“ oder platte Umschreibungen der Moralgesetze. Es fehlt eben an jeder Anregung zur Bildung eines in geeigneter Weise vorbereiteten Elementarlehrerstandes. Einmal krankt der althergebrachte an dem Druck der gesellschaftlichen Verhältnisse: ein Dorfschulmeister gilt eben (wie ja auch noch vor gar nicht langer Zeit bei uns) als ein halber Schnurrer, der als nothwendiges Uebel ernährt und geduldet werden muß. Sein Gehalt beträgt, in günstigen Stellen, pro Kind und Monat etwa 1 Bu (= 1 Mark), Anstellungspflicht von Seiten der Gemeinden oder irgend welche Subsidien aus öffentlichen Kassen existiren nicht; alle Schulen sind reine Privatunternehmungen, wie etwa bei uns die Kleinkinderschulen für die Sprossen des besseren Mittelstandes. Dabei gilt es aber als ganz selbstverständlich, daß jedes Kind lesen und schreiben lerne, und wer diesen Bildungsmaßstab an die Japaner (bis in die unwirthbarsten Gebirgsgegenden hinauf) und die Einwohner mancher europäischen hochcivilisirten Länder anlegen will, wird zu ganz sonderbaren Schlüssen kommen. Gieb dem zerlumptesten und dürftigsten Jinriksha' Kuli, dem fast thierähnlich aussehenden Ackerknecht im Inlande eine für diesen Zweck von einem höher Stehenden notirte Adresse und er wird Dich mit wenigen Ausnahmen an dein Ziel führen. Wie nicht genug hervorgehoben werden kann, lernt der Japaner das als nützlich und praktisch Erkannte fast ohne Anleitung und halb spielend.

Der Vortheil und Nachtheil dieser leichten Aneignung von Kenntnissen zeigt sich nirgend deutlicher als bei der Berufswahl. Die Schule führt einen nothwendigen Abschluß des Bildungsganges nicht herbei; wer in das dreizehnte Lebensjahr tritt, betheiligt sich in den niederen Ständen am elterlichen Beruf: der Schiffersohn

handhabt das Ruder, der Bauernsohn ackert, der Knabe des Hand-
werkers wird angehalten, nachdem er die Techniken längst kennen
gelernt hat, nun bestimmte, seinen Unterhalt ermöglichende Arbeiten täglich fertig zu stellen. Für die etwas höheren Stände
tritt die Fortführung des väterlichen Berufs und das Behülflich-
sein in demselben als eine Art Provisorium ein. Für den kleinen
Handelsstand, für manche Kategorien von Beamten, für die Söhne
der etwas besser situirten Landwirthe hat die neue Culturbewegung
einen ähnlichen Zustand geschaffen, wie für die Nachkommen des
ganz aufgehobenen Standes der Samurai. Es ist genügend bekannt, daß mit der Aufhebung der großen Vasallenthümer oder
Daimiate auch die Lehnsmänner der Fürsten, die in ihren Clans
herumlungernden bewaffneten Samurai gesetzlich zu existiren auf-
hörten. Der größte Theil der Samuraisöhne tritt, den Traditionen
des vertilgten Standes entsprechend, in die Armee ein, versucht
auch wohl in den besonders günstig dazu gelegenen Provinzen
gelegentliche Rebellionen. Ein kleinerer richtet, wie die Söhne
der früher genannten Kategorien, sein Augenmerk auf die von der
Regierung begünstigte Richtung und sucht in ihr sein Fortkommen
und sein Heil. Für die Fremden hat das Vorhandensein dieser
in ihren Neigungen schwankenden Elemente den großen Vortheil
gehabt, ein vorzügliches Material an Dolmetschern darzubieten.
In keinem Hafen der Welt existiren für fast jede europäische
Sprache so zahlreiche und ausgezeichnete Interpreten, wie in Yokohama; Verbreitungen fremder Sprachen, wie sie durch die Unterrichtsanstalten in Yeddo und in vielen anderen japanischen Haupt-
städten vor sich gegangen sind, stehen vollkommen ohne Parallele
da. Sicher trägt zur Erzielung dieser Polyglottie auch das remar-
kable Sprachtalent der Japaner bei; ohne die vorher angedeutete
Unentschiedenheit vieler vor die Berufswahl gestellten Jünglinge
würde jedoch eine annähernde Verbreitung der europäischen
Sprachen unmöglich sein.

Die Schattenseite dieses Umhertastens ist bekannt und trostlos genug, um lange bei ihr verweilen zu sollen. Es kann nicht Jemand heute Englisch und morgen Deutsch lernen wollen und beides vorzüglich verstehen. Kein angeborenes Talent und nicht der eisernste Fleiß macht es möglich, aus einem schon Jahre im väterlichen Geschäft thätigen Kaufmannssohn einen guten Techniker, aus einem durch äußeren europäischen Schliff gedrillten Diener einen brauchbaren Offiziersaspiranten, aus dem schon in die äußere Routine der väterlichen Beamtenstellung eingesprungenen Danby einen hoffnungsvollen Studiosus zu machen. Das Alles aber verlangen die jungen Japaner von sich selbst und von den Leitern der betreffenden Bildungsinstitute; und zweifellos liegt der Todeskeim für manche der letzteren in der Naivität resp. Unredlichkeit, womit sie auf die betreffenden Zumuthungen eingehen.

Ein Beispiel für hundert. Ein junger Japaner besucht mich eines Nachmittags und eröffnet mir mit vieler sprachlicher Mühe, er habe jetzt Deutsch sprechen und schreiben gelernt aus rasendem Eifer für Medicin, besonders für innere Klinik; ich möchte ihn doch bei mir wohnen lassen und ihn in möglichst kurzer Zeit zu einem ausgezeichneten Arzt machen. Natürlich antwortete ich ihm: „Suchen Sie mit Ihren Kenntnissen Aufnahme bei der Prüfungs- „Commission unserer Schule nach. Wenn Sie dann bis zur inneren „Klinik gekommen sind, werde ich mich, weil Sie so großen Eifer „haben, Ihrer besonders annehmen. Wohnen kann Niemand bei „mir, da ich alle Räume meines Hauses brauche." Wenige Tage darauf erhielt ich folgende Stilprobe:

„Mein verehrter Lehrer! Dr. W.!

„Ich danke schön, daß ich Ihnen am vergangenen Tag an- „getroffen hatte. Entschuldigen Sie mich, daß ich damals „lange Zeit geblieben und Sie dadurch vielleicht in Arbeit „gehindert habe. Ich bitte Sie hierbei auch schriftlich, daß „Sie mich auf Ihren klinischen Unterricht mitnehmen und „ich widme mich besonders der inneren Medicin voll Eifer.

„Da ich muß in der knappen Zeit die zu erlernende Sache

„prakticiren, so konnte ich mich nicht der Ordnung nach hin=
„richten. Aber es scheint mir denn nicht möglich zu sein,
„daß ich als der Akademiker in der Schule klinischen Unter=
„richt zuhören darf. Aber doch kann es wohl geschehen, daß
„ich mit dem Namen: „Ihr Parasitschüler“ in das Hospital
„hingehe. Wollen Sie mir so gut sein: sage zur Schule,
„ich möge im Hospital klinischen Unterricht zuhören kommen.

Ihr ergebenster K.“

Natürlich erfolgte eine Ablehnung. — In ähnlicher Weise wurde
einer meiner Freunde um Zulassung zum chemischen Unterricht ge=
beten, nachdem sich ihm kurz vorher sein früherer „Boy“ als flotter
Cavallerie=Fähnrich vorgestellt hatte. Diese Neigung zum Berufs=
wechsel wird in den höheren Beamtenkreisen übrigens systematisch
cultivirt: ein tüchtiger, gut vorgebildeter Beamter muß ohne weitere
Vorbereitung in jedes Departement übertreten können und in jedem
leistungsfähig sein. Für die Jugend hätten solche Principien viel=
leicht eine weniger ernste Seite, wenn es nicht gerade mit der Ge=
sundheit der geistig arbeitenden Stände so bedenklich bestellt wäre,
wie weiter unten gezeigt werden soll. — Vorher mag der Errich=
tung von Töchterschulen ein Blick gegönnt sein. Die europäische
und einheimische Presse hat sich mit wärmster Theilnahme dieses
wichtigsten Gegenstandes aller Volkserziehung angenommen, die
Kaiserin in repräsentativer Beziehung zur Hebung des weiblichen
Geschlechts ihr Möglichstes gethan. Während des Jahres 1876
wurden von allen Seiten ernste Anstrengungen gemeldet, weibliche
Erziehungsinstitute in's Leben zu rufen und gleichzeitig Erfolge
dieses Strebens gemeldet. Besonders ging Osaka auf diesem Wege
selbst der Landeshauptstadt voran. In der Frist von wenig mehr
als einem Vierteljahre wurde gemeldet, „daß die Einrichtung von
„Kakobas (Mädchenschulen) zu dem Zweck beabsichtigt werde, um
„die heranwachsenden Kinder vor nichtswürdigen Speculanten zu
„hüten“, — und „daß diese Anstalten fertig gebaut und (am

„10. Septbr.) festlich eröffnet worden seien." Drei andere Städte: Shinmachi, Moriye und Matsushima folgten dem Beispiele Osakas unmittelbar. In Yeddo besuchte die Kaiserin im Laufe des Jahres mehrmals die normalen Mädchenschulen und zwar, wie berichtet wurde, nicht selten stundenlang (von $8\frac{1}{2}$—11 Uhr). Eine andere hierauf bezügliche Zeitungsnachricht aus den Sommermonaten des Jahres 1876 lautet: „Dem Vernehmen nach haben die Sängerinnen „und die zweifelhaft beleumundeten Mädchen aus dem Nagasaki= „Department bei der Regierung die Erlaubniß nachgesucht, eine „Schule auf eigene Kosten errichten und sobald als möglich eröffnen „zu dürfen." —

Auch darf nicht übergangen werden, daß die französischen Missionsschwestern sich mit großem Eifer die Verbreitung nützlicher Kenntnisse unter der jungen weiblichen Bevölkerung Yokohamas angelegen sein lassen. —

Es läge wohl nahe, über die Lehrkräfte im Allgemeinen Aus= führlicheres zu sagen. Indeß ist der Wechsel derselben einerseits ein ziemlich lebhafter, andererseits unterliegen die Fähigkeit der Constitution, im Lande gesund und kräftig zu bleiben, sowie die Accommodation an die Schüler und die äußeren Verhältnisse großen individuellen Schwankungen. Vielfach ist auch das Personal noch zu klein, und leider wird nicht selten von den Behörden auf die Beschaffung billiger Kräfte reflectirt. — Wichtiger ist es, über die Schüler, ihre Begabung und Leistungsfähigkeit Einiges zu berichten. Die jungen Leute, durchschnittlich im Alter von 15 bis 23 Jahren befindlich, legen eine hervorragende Intelligenz, eine schnelle Auffassungskraft, einen eisernen Fleiß an den Tag. Weni= ger bemerkbar ist ein besonderer Wetteifer, da dieser sich mit den japanischen Höflichkeits= und Freundschaftsgesetzen nicht vertragen würde. Was uns jedoch häufig nicht nur fremdartig, sondern geradezu störend erscheint, sind gewisse geistige und körperliche De= fecte, die wir an dieser Stelle wenigstens kurz andeuten wollen.

Die alte, chinesische Methode des bloßen Auswendiglernens wurzelt noch tief im Geiste auch des gebildeten Japaners. Fast als unmittelbare Folge davon erscheint die Unfähigkeit zur Bildung von Abstractionen und Combinationen, welche oft jeden kurzen Ausdruck einer Schlußfolgerung und eines Grundgedankens unmöglich macht und uns beim Unterrichte zu weitläufigen, ermüdenden Umschreibungen zwingt. Endlich aber ist es das Fehlen eines gesunden Skepticismus, welches der wirklichen Aneignung des Gelernten eine böse Schranke zieht. Das „Jurare in verba magistri" ist nicht nur ein Höflichkeits=, sondern sogar ein Denkgesetz, dessen Beseitigung uns nur ganz allmählich gelingen kann. — Da alle Lehrinstitute zugleich Alumnate sind, welche mit Staatsmitteln unterhalten werden, ist auch die Frage der Finanzlage des Landes keine ganz nebensächliche. Eine wirklich als nothwendig sich herausstellende Beschränkung der Lehrmittel und der Unterhaltskosten der Schüler würde sicher einen ernstlichen Rückschritt zur Folge haben. Am bedenklichsten jedoch erscheinen mir gewisse physische Defecte in der Constitution der heranwachsenden Jugend. Muß dieselbe schon ganz im Allgemeinen als eine schlaffe, widerstandslose, den geringsten Schwankungen weichende bezeichnet werden, so fordern wirkliche Wachsthumskrankheiten in großer Zahl, dazu Tuberculose, die unheimliche Beriberikrankheit, Nervenstörungen 2c. Opfer in einer Menge, die jeden neu ankommenden europäischen Arzt in Schrecken setzt. —

Was für Hoffnungen werden also durch die Culturbestrebungen erfüllt werden? Eine Hoffnung, in welcher die Japaner sie unternahmen, und welche sie noch im Jahre 1871 ganz siegesfroh überall aussprachen, ist auf's Gründlichste getäuscht worden. Sie glaubten in drei Jahren, also im Jahre 1874, vollkommen mit der Erlernung oder Aneignung der europäischen Cultur fertig zu sein. Bestürzt sehen sie, wie Gewicht sich an Gewicht hängt, bekommen sie einen Begriff von der weiten

Ausdehnung des begonnenen Werkes und seufzen gewiß oft wie der Zauberlehrling: „Die ich rief die Geister, werd' ich jetzt nicht los!" Das haben wir Europäer natürlich, vorher gewußt und vorher gesagt.

Schwieriger aber ist auch für uns die Prognose über die wirklich dauernden Erfolge unserer Arbeiten. Man darf wohl sagen, daß sie ein Schicksal haben werden wie jede Aussaat, die auf gut Glück in einen differenten Boden gesäet wird. Einiges verdorret einfach und geht spurlos zu Grunde, anderes schießt üppig in's Kraut und fällt ab zur Zeit der ersten Anfechtung, so die thörichten Nachahmungen europäischen Luxus', europäischer Ceremonien und Toiletten, der kostspieligen Gesandtschaften ꝛc. Noch anderes ersticken die Dornen des Geldmangels und der Unpopularität, dahin werden wahrscheinlich die Kunstbestrebungen, die Reise=Ausbildung in Europa, die allzu starke Vermehrung des stehenden Heeres gehören.

Aber in drei Beziehungen hat die bis jetzt angewandte Mühe, wie ich glaube, einen guten Boden gefunden. Es ist unwahrscheinlich, daß ein so bewegliches Volk wieder den Geschmack verlernen sollte an den Segnungen eines sicheren und schnellen Verkehrs, wie denn auch Post, Telegraph und Eisenbahn die ungetheilten Sympathien aller Japaner für sich haben. — Es ist kaum zu denken, daß ein so intelligentes Volk die mit größtem Enthusiasmus aufgenommenen Schätze der Naturwissenschaft wieder gegen das schnöde Blech ostasiatischer Zauberei und des absoluten Nonsens umwechseln sollte; es ist unmöglich, daß ein im Grunde humanes Volk, nachdem es die Segnungen einer milden Gesetzgebung sich zu eigen gemacht hat, zurückgreifen sollte auf die Gräuel der alten japanischen und chinesischen Justiz. Die nach diesen Richtungen ausgestreuten Saaten bringen wohl sicher gute und hundertfache Frucht. So dürfen wir, meine ich, mit Theilnahme und Wohlwollen den Wandlungen, die sich im fernen

Often vollziehen, folgen; ihnen statt einer halb staunenden, halb verächtlichen Mißschätzung, welche auf die oft übertriebenen effecthaschenden Berichte als natürliche Reaction vielfach gefolgt ist, die wirklich verdienten Sympathien eines gebildeten Publikums zuzuwenden, ist gewiß eine lohnende Aufgabe Aller, welche längere oder kürzere Zeit ihre Kraft jenen Culturbestrebungen gewidmet haben.

Anmerkung.

***

Kurze Aufzählung der Kriegs-Ereignisse der Jahre 1863—1868.

1863. Ankündigungen drohender Gefahr für die Fremden. Dekret des Mikado, die Fremden zu vertreiben und die ihnen günstig gesonnenen
Daimios zu bestrafen. Die neuen Gebäude der englischen Gesandtschaft
werden durch Schießpulver zerstört; die Brandstifter sind wahrscheinlich
durch die Behörden angeleitet. Das Attentat geht offenbar nicht
gegen die Engländer allein. Eine furchtbare alliirte Flotte ankert in
Yokohama-Bay. Vorsichtsmaßregeln gegen Feindseligkeiten auch von
Seite der Schiffsbefehlshaber. Gefährlichkeit der Geschäftsbeziehungen
und Unterbrechung des Handels. Der Siogun reist nach Kioto. Das
Ultimatum wird vertagt. Kriegsähnlicher Zustand in Nagasaki. Die
Fremden verlassen die Niederlassung. Angriff auf den Abbé Mermet
de Cachon in Hakodade. Die amerikanische Gesandtschaft wird durch
Feuer zerstört. Mikado und Siogun weisen die Entschädigungsklage
zurück. Admiral Kuper erhält Befehle, Zwangsmaßregeln anzuwenden.
Darauf zahlt die Regierung Entschädigung und schickt eine Vertheidi-
gungsschrift an die englische Gesandtschaft. Geheime Verstärkung aller
japanischen Festungen. Zwei japanische Kriegsschiffe greifen einen amerikanischen Steamer in Simonoseki an; ebenso wird das französische De-
peschenschiff „Kienchang“ daselbst attaquirt. Die deutsche Corvette
„Medusa“ wird beschossen und greift die Batterien an. Die amerikanische Corvette „Wyoming“ rächt einen Angriff auf den „Pembroe“;
ebenso die französische Fregatte „Semiramis“ einen solchen auf den
„Kienchang“. Bombardement von Kagosima durch das britische Geschwader. Verluste auf beiden Seiten. Freundschaftliche Erfüllung der
englischen Forderungen. Ermordung eines französischen Militärbeamten
in Yokohama.

1864. Die Regierung versucht den Hafen von Yokohama zu schließen. Rück-
gängige Politik in Bezug auf eine diplomatische Sendung nach Europa.
Inländische Kaufleute werden vom Handel in Yokohama zurückgeschreckt.
Die Batterien vor Simonoseki feuern auf ein Dampfschiff des Siogun.
Verstärkung der Befestigungen von Simonoseki. Großes Rendezvous

der vereinigten Land= und See=Macht in Yokohama. Plötzliche Zurück=
berufung der japanischen Gesandtschaft von Paris. Versammlung der
vereinigten Streitkräfte in der Inlandsee. Simonoseki wird bombar=
dirt, gestürmt, ihre Befestigungen zerstört. Die japanischen Geschütze
werden erbeutet, die des gegenüberliegenden Forts unschädlich gemacht;
der Engpaß von Simonoseki für Schiffe aller Nationen geöffnet. Die
Soldaten des Daimio Chosiu greifen den Palast des Mikado in Kioto
an; während dessen wüthet eine zerstörende Feuersbrunst. Demolirung
von Chosiu's Palast in Yebbo. Chosiu wird abgeschreckt, aber nicht
unterworfen und bleibt ein muthiger Parteigänger. Revüe englischer
und japanischer Truppen in Yokohama. Ermordung des Major Bald=
win und des Lieutenant Birb in Kamakura; ein Mörder und zwei
seiner Complicen werden in Yokohama hingerichtet.

1865. Denkschrift des Daimio Etzisen zu Gunsten der Ausländer an den Mi=
kado. Das alte Edict gegen die Fremden wird später modificirt und
die feindlichen Vorkehrungen rückgängig gemacht. Die japanischen Mi=
nister berathen über eine Veränderung des Edicts. Abreise der haupt=
sächlichsten Streitkräfte zur See und zu Lande von Japan. Ein japa=
nisches Dampfgeschwader bombardirt die noch widerstehenden Befesti=
gungen Chosiu's. Er unterwirft sich der Regierung des Mikado und
zieht sich mit seinem Sohn, dem Daimio von Nagato, in einen Tempel
zurück. Der Siogun fordert starke Kriegskontributionen von seinen
Untergebenen. Eine diplomatische Expedition geht zu Schiffe von Yo=
kohama nach Osaka ab. Der Mikado giebt seine Zustimmung zu den
Verhandlungen mit dem Siogun. Freundschaftlicher Verkehr der Be=
wohner von Hiogo gegen Offiziere und Mannschaften des Geschwaders.
— Chosiu wieder in offener Empörung gegen die Partei des Siogun.

1866. Beschwerde der Daimios gegen die Regierung des Siogun. Die streiten=
den Parteien erkennen indeß beide den Mikado an. Fremde Waffen,
Munition und ein Kriegsschiff für Japan. Aufhebung des alten Edicts
gegen das Verlassen des Landes. Der Daimio von Kiusiu wird Gene=
ral=Feldmarschall und marschirt gegen die Truppen von Nagato. Sat=
suma steht im Geheimen dem Chosiu in seinem Kampfe gegen den
Siogun bei. Reisunruhen unter dem Landvolk in der Nähe von Yebbo
und Yokohama. Kämpfe zwischen der Siogun=Armee und den Truppen
des Chosiu=Nagato. Eleganter Sieg der Nagato=Truppen. Die Streit=
kräfte von Nagato besetzen Buzen; Chiosiu als Herr der Situation
bictirt Friedensbedingungen. Bessere Ausrüstung und Einübung der
Nagato=Truppen im Vergleiche zur Armee des Siogun. Ausgedehnte
Feuersbrunst in Yokohama und erheblicher Verlust an Menschenleben.
Bezirk des Brandes und Verlust an Eigenthum. Bedenklicher Zustand
in Nagasaki während des Krieges.

1867. Einsetzung des neuen Siogun durch den Mikado in Kioto. Joshi Hisa setzt seine Politik auf einer Daimio-Versammlung auseinander. Er ergreift die Zeichen der Macht mit Talent und Energie. Plötzlicher Tod des Mikado Kömei (Osa-h'to) in Kioto. Die großen Daimios vereinigen sich zum Widerstande gegen den Siogun. Der Siogun rechnet im Falle eines Bürgerkrieges auf französischen Beistand. Der neue Mikado und die Minister stehen auf Seite der opponirenden Daimios. Die Reise des Siogun wird auf dem Wege nach Kioto durch feindliche Daimios gehemmt. Er schickt sein Entlassungsgesuch an den Mikado. Politik, den letzteren wirklich zum Herrscher zu machen. Das Demissionsgesuch des Siogun wird unter Vorbehalt angenommen.

1868. Verbindung der Daimios zu einem Staatsstreich. Beginn einer Staatsrevolution unter der persönlichen Leitung des Mikado. Zustand von Anarchie besonders in Yebbo und seiner Umgebung. Seegefechte, Brand in Kanagawa, entscheidende Schlacht bei Fusimi; Flucht des Sioguns nach dem Castell von Yebbo. Die Stadt Yebbo wird dem Bevollmächtigten des Mikado übergeben. Besiegung der Streitkräfte des Südens in 3 Gefechten. Verzweifelter Kampf im Begräbnißplatze des Sioguns zwischen dessen letzten Anhängern und den Truppen des Mikado. Der englische Gesandte hat Audienz bei dem Mikado „Mutsh'to" und wird hierbei den vornehmsten Daimios vorangestellt. Constitution der neuen Regierung und Gesetzgebung.

Druck von J. Dräger's Buchdruckerei (C. Feicht) in Berlin.